Am weiten Meer

Danke

Für die Inspiration
und die Tipps

M. Franz

Maria Franz

Am weiten Meer

© 2004 Maria Franz
Satz, Umschlagdesign, Herstellung und Verlag:
Books on Demand GmbH, Norderstedt
ISBN 3-8334-0687-9

Inhalt

Paul und ich   7

Die Nacht am Computer   10

Meine Katzen   12

In Ägypten   19

Sascha und Casimir   22

Am Meer: Romanauszug   26

Spaziergang mit Folgen   42

Zelten   48

WG gesucht   52

Die Kurzgeschichten sind teils frei erfunden, zum Teil selbst erlebt.

Der Romanauszug „Am Meer" beruht nicht auf Tatsachen; er kann von jedem weitererzählt werden.

Paul und ich

„Rums", fiel die Tür ins Schloss. Paul schlug nur selten eine Tür laut zu. Nun war es geschehen, also kam er wohl nicht wieder.

Ich saß nie lange als Trauerkloß zu Hause. Ich läutete bei Silvia. „Gut, dass du da bist. Ich muss dir etwas erzählen, können wir uns im Klischi treffen?"

Silvia sagte zu. Das Klischi war ein nettes Café im Stadtpark, das am Abend geöffnet hatte.

Ich war zuerst da und suchte einen freien Tisch. Links in der hinteren Ecke wurde gerade einer frei. Ich setzte mich und bestellte einen Grasshopper, das war ein alkoholfreier Cocktail. Die Auswahl in der Getränkekarte war riesig. Und ich war ja mit dem Auto da. Da kam Silvia. „Schön, dass du da bist, nimm Platz."

Silvia bestellte eine Cola. Die Bedienung war auffallend leger, fast nachlässig gekleidet. Anscheinend legte der junge Mann keinen Wert auf sein Äußeres, aber das ist ja so üblich in gewissen Studentenkreisen.

„Also, was ist los?", wollte Silvia wissen.

Ich erzählte ihr, dass ich mich von Paul getrennt hatte.

„Sieh zu, dass du dein Leben allein in den Griff bekommst. Gut, es sind keine Kinder mit im Spiel."

„Da hast du recht, allein finde ich auch eher eine neue Wohnung." Wir diskutierten noch eine Weile über all die schlechten Eigenschaften von Paul.

„Lass uns woanders hingehen. Im Stadtcenter hat letzte

Woche eine neue Disko aufgemacht." Ich konnte mich jetzt nur ablenken!

Silvia war dazu bereit. Wir zahlten und gingen untergehakt los.

„Warte, ich hole eben Zigaretten." Silvia rannte über die Straße. Eine praktische Sache, diese Automaten, dachte ich. Kommt man doch zu jeder Tages- und Nachtzeit zu dem, was man so zu brauchen glaubt. Pustend kam Silvia wieder auf die andere Straßenseite.

„Fast 22 Uhr", sagte sie. „Um 22 Uhr öffnet das ‚Monopol'", bemerkte ich.

„Today best show in town", stand in Leuchtschrift auf einem Banner vor der Tür. Wir traten ein. Die Bühnenshow war bereits in vollem Gange. An einen freien Tisch war nicht zu denken. Also organisierte Silvia zwei freie Stühle.

„Da sieht man gut." Ich deutete auf eine Lücke seitlich der Bühne. Wir stellten die Stühle schräg nebeneinander und nahmen Platz. Die Tänzer gaben ihr Bestes. Ab und zu zog Nebel unter ihren Füßen hervor.

„Der im roten Kostüm bewegt sich besonders gut!"

Ich nickte. „Ich hole uns etwas zu trinken. Was möchtest du?" Ich kehrte mit einem Glas alkoholfreiem Bier und einer Rotweinschorle zurück. Silvia nahm dankend ihr Bier entgegen. Auf dem Nachbartisch stellten wir die Gläser ab, nachdem wir um Erlaubnis gefragt hatten. Silvia zündete sich eine Zigarette an und lehnte sich zurück.

„Ich gehe mich mal umschauen", rief ich Silvia zu. Ich konnte nicht nur so still dasitzen. Ein paar bekannte Gesichter nickten mir zu. Ein Bekannter, der sich neulich ein Tape von Paul ausgeliehen hatte, verwickelte mich in ein Gespräch. Er stellte Fragen zu Pauls Karriere als Musiker. „Nein, er hat bisher nur das eine Tape. Weißt du, am besten gebe ich dir seine Telefonnummer. Er wird sich freuen, mit jemandem über seine Musik zu reden." Ich kritzelte auf einem Zettel herum. Freudig zog mein Bekannter ab. Endlich konnte ich weitergehen. Die Disko war gut besucht. Ich hatte fast Mühe, mir einen Weg durch die Menge zu bahnen. Angenehm fand ich, dass nicht die ganz jungen Leute die Mehrzahl bildeten. Das Publikum war so ab Mitte Zwanzig und aufwärts. Abgetrennt durch einen einfachen Raumteiler, der mit Silberpapier geschmückt war, standen im hinteren Teil des Raumes zwei Kicker und ein Billardtisch, mehrere Dartscheiben hingen an der Wand. Ich ging wieder zu Silvia. Mittlerweile machte die Show eine Pause. Die Musik wurde leiser gestellt. „Komm, wir kickern eine Runde."

„Ich weiß gar nicht, ob ich das noch spielen kann."

„Ich doch auch nicht, wir probieren es einfach." Die Gaudi war groß, meine Idee stellte sich als gut heraus. Wir gingen zum Tisch zurück. Die Show ging weiter. Die sieben Tänzer verstanden es, das Publikum in ihren Bann zu ziehen. Vorne an der Bühne tanzten einige sogar mit. Nach einer halben Stunde war die Show zu Ende und die Zuschauer waren angeheizt. Der Getränkeausschank florierte.

„Darf ich mir eine nehmen?" Selten kam es vor, dass ich rauchte. Jetzt hatte ich Lust, in dieser Atmosphäre. Silvia nickte: „Steht dir gut, solltest öfter rauchen."

Wir gingen vor zur Tanzfläche, die vorher die Bühne gewesen war. Nach etwa einer Stunde blickte ich auf meine Uhr. „Lass uns so langsam gehen, die Nacht ist bald zu Ende."

„Okay, geh schon mal vor. Ich komme nach dem Lied."

„Ob das Silvias neuester Lieblingssong ist?", dachte ich. Unser Tisch wirkte verlassen. Ich nahm meine Jacke und lief zum Ausgang. Silvia folgte schon bald. Wir gingen langsam zu ihrem Auto, genossen die Kühle der Nacht. „Danke für den schönen Abend." Silvia stieg auf der Fahrerseite ein.

Die Nacht am Computer

Es begann sehr simpel,
mit einem freundlichen Hallo,
nettes Geplänkel,
einfach nur so.

Das Gespräch wurde intensiver,
die Neugier war so groß,
irgendetwas war so fesselnd,
ließ uns beide nicht mehr los.

Man sprach über vieles,
manches war belanglos,
und irgendetwas war es,
warum dies so geschah.

Es war die Wahl der Worte,
man schien gleich zu denken,
nichts störte uns zwei,
keiner konnte ablenken.

Nun reichte der Chat nicht mehr,
man wollte einander hören,
Telefonnummern wurden getauscht,
wir würden uns betören.

Das Telefon klingelte,
und es war um uns geschehen,
wir konnten einander hören,
brauchten uns nicht sehen.

Gemeinsam lachten wir
bis in die frühen Morgenstunden,
dies war dann wohl ein Fall von
„nicht gesucht, aber gefunden"!

Wie's weitergeht, kann keiner sagen,
doch wollen wir es versuchen,
dass aus dem Flämmchen eine Flamme wird,
wenn wir uns dann besuchen!

getextet
von einem Freund

Meine Katzen

1. Casimir

Es fängt morgens schon an. Sobald er hört, dass ich wach werde oder ich ihn rufe, kommt er und holt mich ab. Vorher legt er sich im Bett auf den Rücken und möchte am Bauch gestreichelt werden. Laut schnurrend stupst er mich immer wieder an und verlangt nach mehr Krauleinheiten. Die kriegt er dann auch. Oft komme ich vor lauter Katze, die sich gemütlich zusammenrollt, kaum aus dem Bett. Dann ist Fütterungszeit. Meist streifen beide Katzen um die Futternäpfe. Es gibt Whiskas oder Kitekat. Geräuschvoll wird geschlabbert und gefressen. Die Soße schmeckt wohl am besten! Im Sommer geht es dann auf den Balkon. Sascha, der Perserkater, geht entweder unter den Balkonstuhl oder auf die Brüstung des gemauerten Balkons. Casimir, der Britisch-Kurzhaar-Kater, nimmt auf dem Stuhl Platz.

2. Der Fang

Einmal, im Winter, es war sehr kalt, erwischte Casi, der graue, um einiges schnellere Kater, sogar einen Vogel. Er muss von der Kälte geschwächt gewesen und dementsprechend tief geflogen sein. Casi saß wohl auf der Balkonbrüstung und brauchte nur mit der Pfote nach dem Vogel zu haschen. Ich versuchte Casimir ins Badezimmer zu sperren, doch er war wie besessen. Er befreite sich von mir und ging erneut auf den Vogel los. Dem armen Tier wurde übel mitgespielt! Es wurde mit der Katzenschnauze hochgeworfen und mit der Pfote immer wieder angestupst, bis es schließlich leblos liegen blieb.

Sascha durfte sich auch mal kurz mit der Meise beschäftigen! Wahrscheinlich brauchte Casimir eine kleine Pause. Das Wohnzimmer sah danach aus wie ein Schlachtfeld, überall lagen Federn.

3. Beim Scheinen von Sonne und Mond

Wenn die Wintersonne scheint, fallen oft einzelne Strahlen durch das Dachfenster. Sascha findet diese wärmenden einzelnen Strahlen, die sich auf dem Fußboden brechen, sofort und legt sich hinein. In voller Länge liegt er dann da, streckt der Sonne sein Gesicht entgegen oder aalt sich darin, auf dem Rücken liegend.

Das geht mit dem Vollmond nicht anders. Nur dass der genau über meinem Bett steht und sich sein Licht auf der Bettdecke fängt. Sascha, der dieselbe rote Farbe wie eines der Bettlaken hat, ist oft nicht gleich zu sehen. Es heißt also, nicht erschrecken, wenn eine aufgescheuchte Katze aus dem Bett hüpft.

4. Mahlzeit

Das sich an der Decke spiegelnde Messer muss auch so ein Phänomen in Katzenaugen sein. Wenn wir beim Essen, meist Abendessen, sind, und Casimir den Lichtfleck entdeckt, dann ist aber was los. Stürmisch schießt er dann auf den Tisch und singt seine Arien. Die Katzen gehören hier zum Tischinventar. Nur der nach oben gerichtete Blick und die seltsamen Miautöne verraten, dass etwas ziemlich Absonderliches geschehen sein muss.

Im Frühjahr fressen Perserkatzen laut Tierarzt bedeutend weniger als sonst üblich. Bei Sascha sieht das so aus, dass er das gewohnte Nassfutter zum Frühstück ganz verschmäht und stattdessen lieber gleich auf den Balkon geht. Bis es mittags dann Trockenfutter gibt, bleibt der Magen leer.

5. Die Lieblingsbeschäftigung

Ganz anders Casimir. Er kann immer fressen, zu jeder Tages- und Nachtzeit. Manchmal holt er sich das Nassfutter in den kleinen Beuteln sogar selbst. Die störende Schachtel, in der die Beutel verpackt sind, muss weg, also fällt sie auf den Boden. Der Beutel hinterher, ist er da doch besser aufzubeißen! Viele kleine Löcher sind besser als eins! Mmh, der Saft quillt nur so raus. Hinterher dann die Fleischbrocken. Ui, das macht Spaß und man ist so herrlich beschäftigt.

6. Die künstlichen Blumen

Auf dem Hochbackofen stehen künstliche Blumen in einem Korb. Darin lässt sich toll herumwühlen, das findet sogar Sascha, der am wenigsten von den beiden anstellt. Selten springt er da hoch. Aber wenn, dann wird so richtig gewütet. Die Blumen stecken in einer in der Floristik üblichen Masse, ähnlich wie Styropor. Das Darinherumwühlen ergibt ein interessantes Geräusch, das anscheinend zu weiterem Wühlen auffordert. Sascha kann stundenlang hinter den Blumen sitzen und sein Unwesen treiben.

7. Der Kratzbaum

Neulich, ich saß gerade beim Frühstück, saßen beide Kater nebeneinander auf der obersten Plattform des Kratzbaums und schauten aus dem Fenster. Casimir, der jüngere, folgt Sascha überallhin. Wo Sascha ist, da will auch Casi sein. Zuerst versuchte Sascha seinen Platz auf dem Kratzbaum zu verteidigen, doch Casi ließ nicht locker und kletterte immer wieder da hinauf. Auf Dauer ließ sich Sascha aber seinen Aussichtspunkt nicht nehmen und jetzt sitzen eben beide darauf. Manchmal gelingt es Casi doch, Sascha den Platz abspenstig zu machen.

Sascha geht dann auf die Holztruhe, die auf dem Buffet in

gleicher Höhe mit der obersten Stufe des Kratzbaumes liegt, und lässt sich darauf nieder.

8. Das Gehen

Casimirs Gang ist sehenswert, wenn er vom Wohn- ins Schlafzimmer oder sonst irgendwo herumschlendert. Er wackelt richtig mit dem Hintern, als ob er damit imponieren wolle. Sascha hingegen geht, wie eine Perserkatze eben geht. Seinem stämmigen Körperbau angepasst, setzt er ohne Schlenker einen Fuß vor den anderen.

9. Im Waschbecken

Casimir liebt Wasser. So legt er sich mit Vorliebe in die Küchenspüle oder in das Waschbecken im Badezimmer. Stelle ich dann den Wasserhahn an, sodass es sanft auf die Wasserkatze tröpfelt, ist seine Freude groß. Er versucht den Strahl mit der Pfote zu fangen oder er beißt danach, wobei gerne ein, zwei Schlucke genommen werden. Manchmal stört es ihn nicht, wenn sich das Wasser im Becken ansammelt und er wie in einer Wanne im Wasser badet.

10. Schnee

Steht die Balkontür offen und draußen liegt Schnee, setzt sich Sascha auf eine der unteren Treppenstufen und beäugt die kalte, weiße Winterlandschaft aus sicherer Entfernung. Casi dagegen will die Nase spüren und geht hinaus. Diese Watte am Boden lässt sich ja bewegen. Hin und her schiebt er den Schnee. Nachher guckt er voll Erstaunen auf seine Pfotenabdrücke. Bald wird es auch ihm zu kalt und er will hinein.

Manchmal vergisst er alles vor lauter Fressen! Dann frisst er schon mal Saschas Napf leer. Der arme Sascha findet dann, will er später etwas zu sich nehmen, einen leeren Futterteller vor. Das geht natürlich nicht. Ich schickte Casimir auf den

Balkon. Darauf lag Schnee und Casi spazierte vergnügt unter den Stuhl. Daran hingen Eiszapfen, die er neugierig untersuchte. Sascha konnte in Ruhe fressen.

11. Die Katzenkiste

Oft gehen die beiden aufs Katzenklo, obwohl sie gar nicht müssen. Der Sand darin lädt zum Wühlen ein. Und schließlich ist es eine Kiste, die eine Möglichkeit zum Versteck bietet.

Ist der eine Kater drin und schrubbt lautstark herum, wird der andere sehr aufmerksam, egal, ob man sich gerade noch so sehr mit ihm beschäftigt. Oder sie holen sich gegenseitig von der Kiste ab. Casimir wischt dann Sascha gern eins mit der Pfote, wenn er herauskommt. Dann geht meist das große Gejage los.

12. Spiel im Schrank

Sobald Casimir entdeckt, dass der Schrank offen steht, schlüpft er hinein. Ich schließe dann die Tür bis auf einen Spalt. Sascha, durch die Geräusche im Schrank aufmerksam geworden, legt sich dann vor die fast geschlossene Schranktür. Sobald eine von Casimirs Pfoten aus dem Spalt auftaucht, hascht er danach und hat diebische Freude an dem Spiel. Wenn im Haus Stille ist, geht das Spiel stundenlang so weiter.

13. Sascha

Sascha ist ein ernsthafter Kater. Er mag, im Gegensatz zu Casimir, nur selten angefasst werden. Man hat respektvoll mit ihm zu reden, ihn eben als Kater mit eigenem Willen zu akzeptieren. So frisst er auch nur bestimmtes Futter, lässt Casimir aber immer den Vorrang beim Fressen. Sascha ist ein würdevoller Kater.

14. Casimir, der Verspielte

Casimir ist ein scheuer, aber verspielter Kater. Besuch bekommt ihn kaum zu Gesicht, außer jemand, der regelmäßig zu mir kommt, wie meine Helferinnen (da ich Rollstuhlfahrerin bin, habe ich zwei Helferinnen). Von der einen lässt er sich sogar bürsten. Ansonsten läuft er fast immer, wenn es läutet, die Treppe hoch und versteckt sich unterm Sofa oder unten im Schlafzimmer.

15. Das Rosengebinde

Heute lag ein langes Blatt aus dem Rosengebinde am Boden. Wahrscheinlich war es Casimir, der dreistere der beiden, der es herausgezogen hatte, um damit zu spielen. Die Freude war groß, als ich mitspielte und mit dem Grün umherwedelte. Sascha schnappte danach, wobei er die tollsten Sprünge vollführte, um das Blatt aufzufangen und es genüsslich durch die Schnauze zu ziehen. Casimir versuchte es mit den Pfoten zu erwischen. Dabei unternahm auch er die kühnsten Sprünge. Schließlich wurde ein Stuhl einbezogen. Die zwei sprangen hoch und runter, je nachdem, wo das Ende des Blatts gerade war.

16. Aufregend

Ist das Wetter gut, dürfen die Katzen mit mir spazieren gehen, an der Leine, versteht sich. Beide verhalten sich dabei sehr unterschiedlich. Casimir, der Ängstliche, setzt sich einfach ins Gras und bleibt dann da sitzen. Es sei denn, ein lautes Geräusch lässt ihn hochschrecken. Dann sucht er Zuflucht, klettert sogar hinter meinen Rücken. Sascha dagegen läuft an der Leine wie ein Hund. Er zeigt einem, wo er hin will, kreuz und quer über die Straße. Zum Glück herrscht ums Haus herum wenig Autoverkehr. Hört Sascha laute Kinder oder einen startenden Motor, duckt er sich zwar auch, bleibt aber meist am Ort sitzen.

17. Hund zu Besuch

Manchmal kommt der Westie meiner Mutter zu Besuch. Die drei Tiere verstehen sich erstaunlich gut. Na ja, schließlich sind sie zusammen aufgewachsen. Der wuschelige, weiße Hund geht draußen gerne neben Sascha her. In der Wohnung toben die zwei herum oder legen sich friedlich nebeneinander aufs Sofa. Vor Casimir, der gerne das Futter des Hundes frisst, hat Wuschel eher Respekt. Casimir zeigt dem Hund schon eher mal, wer hier zu Hause ist.

In Ägypten

Im Winter flogen wir nach Kairo. Es fing schon auf der Fahrt zum Flughafen an. Ein Nachbar bot sich an, uns frühmorgens zum Flughafen zu fahren. Es schneite, auf den Straßen bildete sich ein Stau. Die Fahrzeuge kamen auf der vereisten Fahrbahn ins Rutschen, stellten sich teilweise quer. Langsam wurde es draußen hell und wir waren immer noch nicht auf der Autobahn. Nach geraumer Zeit löste sich der Stau auf und wir erreichten den Flug noch rechtzeitig. Nach dem Einchecken blieb sogar noch Zeit für ein kurzes Frühstück. Lecker, der Kaffee dort!

Die Maschine begann sich zu füllen (Rollstuhlfahrer dürfen mit ihrer Begleitperson oft als Erste einsteigen). Doch die Zeit bis zum Start der Maschine sollte sich noch lange hinziehen. Die Flugbegleiter servierten Kaffee, ständig wurde auf drei Sprachen durchgesagt, dass man sich gedulden solle, aber an Bord bleiben könne.

Das Flugzeug wurde enteist. Große Maschinen rollten links und rechts vorbei und machten beim Enteisen Lärm. Nach zwei Stunden konnten wir endlich starten. Croissants wurden heiß serviert, der Backofen funktionierte nur bei voll laufenden Motoren. Die Aussicht auf die Schneelandschaft beim Start war umwerfend. Der Anschlussflieger in Paris war natürlich weg. Mit einem Taxi, sonst Bus, fand der Transfer zu einem Hotel am Stadtrand statt. Dort warteten wir, bis es am nächsten Tag nach Kairo weiterging. Abends erreichten wir

Kairo und wurden von Bekannten mit einem Jeep abgeholt. Wir fuhren durch die halbe Stadt, die bereits von Lichtern erhellt wurde. Endlich kamen wir in unserem Hotel an, direkt in Kairo, am Nil. Der Empfang war fast fürstlich. Diener in Livreen hofierten uns, es gab gekühlte Erfrischungen; wer wollte, konnte einen Kaffee oder Tee haben. Unsere Zimmer waren im 17. Stock. Die Aussicht auf den Nil und die Stadt war umwerfend! Einmal bestellten wir ein ägyptisches Frühstück. Es gab Eintopf von Hülsenfrüchten und salzige Fladenbrote, dazu eine halb verwelkte Rose zur Dekoration auf dem Frühstückstisch.

Kairo ist laut und schmutzig. Bettler bei jedem Stau auf den Straßen, und es gibt viele Staus, demzufolge auch viele Bettler. Mütter mit verkrüppelten Kindern, Männer, die ohne Arme betteln gehen, denen man Obst, das an jeder Ecke verkauft wird, zwischen die Zähne schieben muss. Natürlich gibt es auch schöne Seiten an Ägypten: Silvesternacht am Nil, orientalische Läden und Restaurants, die Pyramiden ... Alexandria ist eine schöne Stadt, am Meer gelegen.

Zweimal im Jahr herrscht Ramadan, wie in so vielen Ländern des Nahen Ostens. Dann stehen die Menschen früh auf, um zu essen und zu trinken und um dann den Tag ohne Nahrung und ohne Wasser durchzustehen. Sie glauben, man komme dann eher in den Himmel.
Wir waren in Moscheen. Dort wurde Allah angefleht, er möge doch jeden Einzelnen einmal zu sich nehmen, ihn gut verwahren!

Zu den Pyramiden in Gizeh reitet man. Sie befinden sich am Rande einer Wüste. Klar wird man übers Ohr gehauen! Die Schwester des Pferdeführers ist allein erziehend, die Mutter gestern gestorben. Man kann auch auf einem Kamel reiten. Da wird einem dann Ähnliches erzählt. Das Beste kommt nach der Besichtigung: Man wird direkt in eine Parfumhandlung geführt. Tausend Fläschchen und Töpfchen in tausend Regalen. Um da hinauszukommen, muss man sich entweder freikaufen oder aufstehen und gehen und alles gestikulierende Flehen ignorieren.

Die Universität befindet sich mitten in Kairo. In dieser hatte ein befreundeter Arzt, Dr. Tahlaui, studiert, der uns auch die Reise nach Ägypten vermittelt hatte. Heute ist er Sportmediziner in Bayern. Vor der Universität stehen Bänke. Man kann im Park, an dem die Hauptstraßen vorbeiführen, flanieren. Viele Leute tun das. Sie genießen es, wenn man sie sieht! Ein befreundeter Tierarzt, Dr. Burian aus der Slowakei, praktiziert in Baden-Württemberg. Er hat Casimir, einen meiner Kater, kastriert.

Orientalische Gemüsehändler und kaputte Autowracks säumen die Straße. Inmitten dieser „Herrlichkeit" wohnt man dann in einem Wolkenkratzerhotel und lässt es sich in dem hauseigenen Pool gut gehen. Allah lebe hoch!

Sascha und Casimir

Diese Geschichte passiert jeden Tag. In einem kleinen Dorf, nahe bei Stuttgart. Sascha wird bald drei Jahre alt. Rotes Fell hat er und schöne lange Haare, die er überall, als Zeichen seines Dagewesenseins, hinterlässt. Sascha ist ein Perserkater. Casimir, noch keine fünf Monate alt, Saschas Gespiele, ist ein Britisch-Kurzhaar-Kater. Sascha ist ein kastrierter Kater. Also mehr oder weniger lieb zum kleinen Kater.

Die beiden leben in einer Wohnung auf zwei Etagen. Auf der Treppe lässt es sich herrlich hintereinander herjagen. Vor allem Casimir kostet den Platz voll aus. Im oberen Stockwerk steht ein rotes Sofa. Casimir liebt die Farbe Rot. Als er neu zugezogen war, versteckte er sich oft unter dem Sofa. Heute liegt er gerne darauf. Vor allem, wenn Sascha sich bereits dort herumflegelt.

Ab und zu kommt Wuschel, ein West Highland White Terrier, zu Besuch. Dann ist die Aufregung aller immer groß. Anfangs hatte Casimir Angst vor dem wuscheligen kleinen Hund. Doch Sascha zeigte ihm schon bald, dass der Hund macht, was die Katze will. Interessant ist es immer, wenn Wuschel bellt oder die Hündin, vor dem Fenster liegend, ankündigt, wer kommt, wenn es klingelt.

Gefällt der Besucher, wenn er erst einmal von weit weg beäugt wurde, ringen beide Katzen schnurrend um seine Aufmerksamkeit. Wuschel hingegen geht erst mal laut kläffend in die obere Etage, bevor sie sich dann zögernd wieder nach unten wagt.

Aufregend ist auch, wenn die Kater mit in das Zuhause des Hundes dürfen. Schanbach liegt in Aichwald, das wiederum im Schurwald. Dann steht erst einmal eine relativ lange Autofahrt an, die ziemlich heiß werden kann. Dafür gehört in Aichwald eine Wiese zum Haus und Gartenmöbel, auf denen man sitzen, aber auch herumtollen kann.

Heute hat Casimir den Teich entdeckt. Die lustig umherschwimmenden Fische haben es ihm wohl angetan. Doch nur für kurze Zeit. Ein Holzstapel lenkt Casimirs Aufmerksamkeit auf sich.

Wenn Sascha in meinem Bett sitzt, dessen Bettwäsche genau seine Farbe hat, und er darin miauend herumtobt, hat das schon etwas Komisches. Gerne neckt er seine Besitzer und jagt kurzentschlossen über den Kopf hoch zum Schrank. Casimir spielt derweil mit den Füßen.

Der Balkon in Reutlingen ist heiß begehrt. Das breite Geländer lädt zum Sitzen ein. Außerdem ist der Ausblick von da oben besonders gut und man sieht so schön in Nachbars Garten. Oft genießt Casimir auch nur den von der Sonne erwärmten Stuhl. Sascha aber genießt den Schutz des Stuhls am Boden, zwischen Pflanzen sitzend. Sobald ich abends die Tür des Balkons schließe, will zumindest einer oder beide hinein.

Wenn die Besitzer essen, fällt oft etwas für Katzengeschmäcker Geeignetes ab. Ein Stück Wurst oder Käse oder ein Butterbrot, das gerade geschmiert wird. Daran wird besonders gern geleckt.

An die vom Kochen noch warme Herdplatte gewöhnt man sich schnell. Erstens sind dafür Schnurrbarthaare da und zweitens haben Katzen vier Pfoten, auf denen sie sehr schnell sein können.

Nachts schläft Sascha mit Vorliebe in seinem Bett und Casimir in meinem Sessel oder umgekehrt. Meist aber im Schlafzimmer.

Abends findet oft das große Gerangel statt. Da beides Kater sind, geht man auf den Hals des anderen los. Casimir, noch Katzenwelpe, quietscht dann, bis Sascha loslässt oder er den Duschvorhang entdeckt. Dann geht ein anderes Spiel los.

Am Meer

Der Mann zog die Handbremse an. Endlich waren sie angekommen. „Ich gehe schon mal rein", sagte Sylvie beim Aus-
steigen. Der Mann sah ihr nach. Sie hatte ein schönes Hin-
terteil, bewegte sich anmutig. Die Schmerzen kamen wieder.
Der Mann erhob sich. Er betrachtete seinen Wagen. Der sah
mitgenommen aus, von der Fahrt auf den Schnellstraßen ver-
unreinigt. Zerquetschte Fliegen klebten auf Vorder- und Heck-
scheibe. „Morgen fahre ich in eine Waschanlage", dachte er.

„Oh, ist das groß", ein Freudenruf von Sylvie.

Der Mann begab sich auf den von Blumenrabatten gesäum-
ten Weg, der zum Haus führte. Bei jedem Schritt spürte er
den Schmerz, der sich in seinem Leib breit machte. Er stieß
die Haustür auf, die nur angelehnt war. Sylvie schien sich im
oberen Stockwerk zu befinden. Das Schlafzimmer, ein Badezimmer, die Küche und der so genannte Aufenthaltsraum
befanden sich unten.

Er inspizierte zuerst die Betten. Es waren gute Matratzen,
schienen noch neu zu sein. Die Bettgestelle waren von typisch
französischer Art. Mit Stoff bezogen oben, und unten prang-
ten Rüschen an dem Volant. Er würde das rechte Bett nehmen.
Es lag näher zur Tür, die zum Bad führte.

„Schau dir das an." Sylvie hatte wahrscheinlich den kleinen
Pool entdeckt oder den Balkon, den man aus dem oberen
Zimmer betreten konnte. Der Mann kannte das Haus. Er war
vor vielen Jahren schon mal da gewesen, kannte die Familie,
die das Anwesen besaß. Er stieg die Treppe hoch. Sylvie stand
mitten im kreisrunden Pool, die Arme nach oben gestreckt,

als wäre sie am Ertrinken.

„Ein Schwimmbad, nur für uns", sie drehte sich rundherum. Sylvie machte ihrer Ausbildung zur Schauspielerin alle Ehre.

„Gefällt dir das Haus?"

„Ich bin begeistert. Es ist umwerfend. Das geben die für drei Wochen her?"

„Sie sind verreist, außerdem bezahlen wir gut dafür." Er setzte sich in den blauen Sessel, der am Fenster stand.

Sylvie ging zum Rand des Pools, stützte sich auf den Beckenrand und schwang sich empor. Langsam ging sie auf die Tür zu, die zum Balkon führte. Sie zog die mit Rüschen besetzte Gardine beiseite und trat durch die geöffnete Balkontür nach draußen. „Herrlich, die warme Abendluft. Und diese Aussicht!"

Das Haus stand auf einem Hügel, mitten in der Provence. Über einem nur der wolkenlose Himmel. Das nächste Haus war mit bloßem Auge kaum zu erkennen. Ein kleines Grundstück gehörte zum Anwesen.

Sylvie hatte sich auf einen der beiden Balkonstühle, die an einem kleinen Tisch standen, niedergelassen. „Komm nach draußen." Sie hielt ihre Haare mit beiden Händen nach oben. Er setzte sich zu ihr. Sie war jung und schön. Er war beinahe alt und er war erfahren.

„Wann packen wir aus?", wollte er wissen. „In ein paar Minuten, das Abendrot ist gerade so schön." Tatsächlich ging die Sonne unter und verwandelte den Himmel in einen glutroten Streifen. Sie saßen schweigend nebeneinander und sahen dem Naturschauspiel zu.

Nach zehn Minuten entschloss sich Sylvie, zum Wagen zu gehen und die Koffer zu holen. „Willst du die Unterwäsche in der Schublade haben?" Der Mann, ins Schlafzimmer kommend, bejahte. Er hob seinen Koffer aufs Bett (Sylvie kniete bei diversen Tätigkeiten gerne) und fing an, seinen Anzug auf einen Bügel zu hängen. Den hatte er in dem großen alten Schrank aus Tropenholz gefunden. Irgendwie passte der Schrank nicht so recht zur sonst modernen Einrichtung. „Die Oberhemden versorge ich." Darin war Karl pingelig.

Nachdem alles verstaut war, gingen sie in die Küche. Eine große Auswahl an Kochgeschirr war vorhanden. „Soll ich uns Eier braten?" Sylvie schwang bereits die Bratpfanne. Zum Glück hatten sie sich im Laden unten notdürftig eindecken können. „Sehr gut." Karl freute sich bei dem Gedanken, etwas Warmes zu essen. Käse, Brot und Weintrauben hatten sie auch, dazu einen Rotwein und Wasser. In der Küche stand ein Ecktisch. Karl suchte im Schrank nach Tellern. Das Geschirr, teilweise mit abgeschlagenen Ecken, war weiß und mit zartrosa Röschen bedruckt. Knisternd brieten die Eier auf dem Herd. Er deckte den Tisch. „Ist das Baguette noch in der weißen Tüte?" „Ja, Bärchen." Er fand auch noch Fleischtomaten darin. Er legte alles auf den Tisch. Die Eier waren fertig. Sylvie stellte die dampfende Pfanne auf den Tisch, sie nahmen Platz.

Nach dem Mahl räumten beide die Küche auf. Es war eine Wohnküche, zum Wohnzimmer hin offen. Unten standen zwei kleine Sessel vor dem französischen Couchtisch mit der Tiffany-Glasplatte, das goldene Gestell schmiedeeisern. Die Einrichtung konnte nicht billig gewesen sein. Die Vermieter hatten Geld, sie fuhren drei Autos und hatten Bedienstete in ihrer Villa in Paris.

Nach dem Essen gingen sie spazieren. Sylvie liebte es, sich die Beine zu vertreten und dabei die Gegend zu erkunden. Bei Karl kamen die Schmerzen wieder. Langsam schlichen sie heran, nahmen den Körper in ihren Besitz. Jeder Schritt tat dem Mann weh. Doch Sylvie sagte er nichts davon. Sie lief ein paar Schritte vor ihm. „Oh, ist das schön hier." Sie pflückte einen

Grashalm und steckte ihn in den Mund. Das tat sie gern. Karl schaute ihr zu. Er liebte diese Frau, sah sich in ihr. Sie liebte ihn wohl auch. Er war weise und hatte Geld. Karl hatte einige Frauen in seinem Leben gehabt, doch meist nur für kurze Zeit. Außer Inge, mit der war er fünf Jahre verheiratet gewesen. Sie fing an, ihn besitzen zu wollen, da ging er. In genau dem Gedankenmoment ergriff Sylvie seine Hand. Schweigend gingen sie nebeneinander her. Der Feldweg teilte sich, Sylvie schlug den rechts abgehenden Pfad ein. Sie wählte meist eine nach rechts führende Straße, auch mit dem Auto. Deshalb fuhr sie oft im Kreis, kam aber schließlich doch an ihr Ziel. Pünktlichkeit war für Sylvie unwichtig, außer in ihrem Beruf natürlich. Aber da waren ja genug Kollegen und Regisseure, die sie ermahnten, zur rechten Zeit am rechten Ort zu sein.

Eine Holzbank stand am Wegesrand, sie setzten sich. Sogleich legte Sylvie ihre Beine auf Karls Schoß. „Möchtest du dich auch etwas ausruhen?" Er legte den Arm um sie. „Nur in deiner Nähe." Den Grashalm hatte sie vorher achtlos weggeworfen. Wortlos betrachteten sie die sternklare Nacht. Es war inzwischen fast dunkel geworden. Der Mond, nahezu rund, ließ die Nacht hell erscheinen. Eine Katze huschte über den Weg. Man wusste nicht, ob es ihr Schatten war oder das Tier selbst, das man wahrnahm.

„Ist das schön hier. Eine gute Idee hattest du da." Sylvie zupfte an ihrem Rock. Sie zog sich im Indien-Look an, also weite, lange Röcke, Holzketten und bunte Tücher. Diese band sie gerne um ihre schlanke Taille. Wenn sie da keinen Platz fand, dann um Schulter oder Hals.

Nach einiger Zeit stand Karl auf und ging, er wollte ins Bett. Nach seiner Erfahrung konnte er trotz Schmerzen einschlafen, er versuchte sie gedanklich zu verdrängen. Sylvie lief ihm hinterher. Nach kurzer Zeit hatte sie ihn eingeholt und hakte

sich bei ihm unter. „Ob man in den Betten gut liegen kann?"
„Wir werden es ausprobieren."

Karl zog den Schritt an. Der Rückweg kam einem immer länger vor als der Hinweg. Kaum im Haus angekommen, ging Karl ins Bad und sogleich zu Bett. Sylvie probierte noch den Fernseher aus, schaltete von einem Programm aufs andere. Es gab viele. Fast alle waren auf Französisch, eins auf Deutsch. Dort lief etwas, was sie nicht interessierte. Sie stand auf und machte sich fertig für die Nacht. Neben Karl liegend, schlief sie sofort ein.

Am nächsten Morgen wachten beide gleichzeitig auf. „Guten Morgen in Frankreich." Karl stand auf und schlurfte in die Küche. Dort suchte er nach dem Heißwasserbereiter und nach dem mitgebrachten Kaffeepulver. Sylvie drehte sich noch mal im Bett um. Das Baguette vom vorigen Nachmittag, Butter und Marmelade fanden sich in den Einkaufstüten. Karl deckte den Tisch. Draußen fand er eine Blume, die er einfach auf den Tisch legte. Der Morgen war warm und es versprach wieder ein sonniger Tag zu werden. Der brühende Kaffee duftete. Karl fiel das Vogelgezwitscher auf, alles war hier anders. Sylvie kam angezogen, um zu frühstücken. „Guten Morgen." Sie gaben sich einen Kuss. Beide setzten sich, Karl mit der Kaffeekanne in der Hand.

„Fahren wir heute einen Sandstrand suchen?" Sylvie nippte an ihrer mit rosa Bäumchen verzierten Kaffeetasse.

„Das machen wir." Karl spielte mit dem Stiel der Blume. Sie waren ja hierher gekommen, um das Meer mit seinem wundervollen Strand zu genießen.

Sylvie freute sich wie ein Kind. „Oh, das wird herrlich. Ich habe schon den Bikini drunter angezogen." Sie trug ein weißes Strandkleid und ein violettes Tuch um die Hüften geschlungen.

„Dann kann es ja losgehen." Karl goss sich noch einen Kaffee ein. Es war gegen elf Uhr, als sie losfuhren. Sylvie konnte sich schlecht vom Haus trennen, bis Karl sie schließlich laut rief. Er saß bereits im Wagen, als Sylvie, beladen mit Korb, Tüte und Fotoapparat, herankam. Über das weiße Strandkleid hatte sie den Rock von gestern gezogen. Bei jedem Schritt wallte der Stoff auf und es gab ein rauschendes Geräusch.

Das Meer befand sich nicht weit vom Haus, Karl wusste das. Der erste Strand, den sie ansteuerten, bestand aus großen Kieselsteinen. Eine Steintreppe führte zu der unbewachten Badebucht. Nur wenige Badende spazierten auf dem Kiesstrand. Es musste also attraktivere Badestrände geben. „Lass uns weitersuchen." Sylvie gefiel er hier nicht, das war offensichtlich. Sie stiegen wieder ins langsam heiß werdende Auto und Karl fuhr weiter am Meer entlang. Sie fuhren vorbei an herrlichen Aussichtspunkten. Immer weiter, die kurvenreiche Straße hinab.

Da war er, kurz hinter einem Ortsschild. Lang und fast weiß leuchtete er in der Mittagssonne, der Sandstrand. Die dazugehörige Badebucht lag etwas weiter hinten, von einer Mauer, oberhalb der die Straße entlangführte, geschützt. Einen Parkplatz gab es auch. Wenn man baden wollte, musste man Eintritt bezahlen, wie in einem Museum. Nur sah das Kassenhäuschen anders aus, es war eine Baracke. Der Kassierer hatte ein gestreiftes T-Shirt an, dazu eine alte Seefahrermütze. Er hatte eine nicht angezündete Pfeife im Mund. Karl bezahlte. Sie durften die kurze Treppe zum Sandstrand hinuntergehen.

Sylvie freute sich. Sie hüpfte ein paar Schritte voraus. „Da draußen ist noch was frei." Es war sogar ein Schattenplatz. Ein Stück Mauervorsprung überdachte dort den Strand. Karl legte die Badetücher auf den Sand, dann fingen sie an, sich auszuziehen. Auch er hatte die Badehose bereits an. Sylvie, die eher fertig war, wartete ungeduldig, bis er soweit war. Sie nahm seine Hand und beide liefen zum Wasser. „Oh, ist das schön warm." Sylvie hatte Karl losgelassen und badete ihre Unterarme im Meer. Karl ging weiter hinein. Es gab kaum Wellen, man sah fast bis auf den Grund. Karl liebte das Baden im Meer auch. Die Leute um ihn störten ihn, auch wenn er sie im ersten Moment kaum wahrnahm. Er drehte sich um. „Kommst du?" Sylvie, bis zum Bauch im Wasser, wedelte mit den Armen. „Oh Karl, ist das herrlich." Sie schwamm los und er folgte ihr. Schon bald war er auf ihrer Höhe. „Wer zuerst an dem Pfosten da ist." Sylvie gab alles. So war sie auch eher am Ziel. „Du gibst einen aus." Karl war ein wenig aus der Puste. Sie konnten nicht mehr stehen. Karl schwamm zurück, er wollte den Boden unter den Füßen spüren. Sylvie, ihm nachkommend, hängte sich an ihn. „Wo ist unser Wasserball? Liegt der im Schrank?" Sie pflegte oft, von ihr gestellte Fragen selber zu beantworten. „Da liegt er gut." Karl fing an, mit dem Wasser nach ihr zu spritzen. Er legte die Hände zusammen und ein gezielter Strahl schoss hervor. „Igitt, ist das salzig." Er hatte getroffen.

Sylvie rannte. Am Strand, kurz vor dem Wasser, wurde sie von einigen Jugendlichen angehalten. „Hello, would you play with us?", fragte der Anführer in schlechtem Englisch. „Sorry, I have to go." Sylvie schlängelte sich an den Jungen vorbei. Karl trocknete sich bereits ab. „Soll ich dir den Rücken eincremen? Die Sonnenmilch ist in der Tasche, oder?" Sie suchte unter den Badetüchern. Die Tasche lag daneben im Sand. Tatsächlich, darin war die gelbe Flasche. Sie nahm sie und begann Karl einzucremen. Er legte sich auf den Bauch und genoss es. „Die Beine auch. Und umdrehen." Sie bearbeitete ihn von vorne.

„Kannst du nun mich einreiben?" Sie ließ sich auf die Knie hinunter. „Die Schultern vor allem und den Rücken." Dazu drehte sie sich auf den Bauch. Karl tat das gerne. Ihm gefiel es, ihre weiche Haut zu spüren. „Die Creme ist fast so weiß wie du, das wird sich aber bald ändern."

„Auf der Bühne schwitzt man zwar, wird aber kaum braun, eher rot. Letzte Woche hatten wir einen Regieassistenten, bei dem konnte man nur rot werden. Überall gab er seinen Senf dazu, wusste alles besser, bis es dem Regisseur zu dumm wurde."

„Hat er ihn ermahnt?"

„Er warf ihn raus!" Sylvie grinste. Es schien sie zu freuen. Sie war schadenfroh, Karl wusste das und es gefiel ihm. Sie hatte diesen Charme, der diesem Gefühlsausbruch Nettigkeit verlieh. Wer sie gut kannte, wusste das Flackern in ihren Augen zu deuten. Dennoch war sie eine liebenswerte Person.

Karl versuchte die Schmerzen zu verdrängen. „Ich bekomme Hunger. Da vorne ist ein Strandimbiss. Kommst du mit?"

„Ja, geh schon mal vor."

Beide erhoben sich, Sylvie, um das Strandkleid anzuziehen, Karl, um zu gehen. Sylvie holte ihn bald schon ein und hakte sich bei ihm unter. Sie plauderten und kamen schnell an den Imbissstand. Man konnte sogar draußen sitzen. Vier Tische mit Stühlen standen auf einer Art Terrasse, die in verwahrlostem Zustand war.

„Oh, es gibt Crêpes und Käsesandwich", freute sich Sylvie, die des Französischen mächtig war. „Eine Orangina dazu?" Karl bestellte, während Sylvie einen der noch freien Tische aussuchte. Karl kam mit dem Essen an den Tisch. Er hatte sich Pommes frites und eine Bratwurst ausgesucht. Er trank Wasser. In Frankreich gibt es immer stilles Wasser. Möchte man Kohlensäure im Wasser, muss man das zusätzlich bestellen. Die Imbissbude hatte so etwas nicht. Karl setzte sich ihr gegenüber. Er freute sich zu essen. „Dein Sandwich sieht gut aus." „Und das Crêpe erst." Es war mit einer Nougatcreme bestrichen. Karl wusste, was Sylvie schmeckte. Sie nahm einen Schluck aus der bauchigen Flasche. Den Strohhalm legte sie daneben auf den Tisch. Genussvoll biss sie dann in das Sandwich. Es schmeckte gut. Tomatenscheiben und Mayonnaise waren in dem Stück Baguette, dazu ein herzhafter Käse, keine öden Scheibletten. Der Franzose versteht etwas vom Essen, auch vom Fastfood. Natürlich waren die Preise völlig überzogen. Es schmeckte beiden trotzdem. „Mmh, das Crêpe sieht lecker aus." Danach rauchte sie eine Gauloise. Karl betrachtete ihre schlanke Hand. Ihre Fingernägel waren sorgfältig manikürt und in einem zartrosa Ton lackiert. Sylvie war sich ihrer Erscheinung sicher, sie bewegte sich auch so. Karl faszinierte ihr Auftreten. Er war sein Leben lang der unscheinbare Typ gewesen. „Holst du mir einen Aschenbecher?" Karl stand auf und ging zur Theke. Er kehrte mit einem Plastikaschenbecher zurück. „Gauloises" stand in blauen Buchstaben darauf. „Danke." Sie schnippte mit dem Daumennagel die Asche hinein. Mit zusammengekniffenen Augen sah sie dem Rauch nach. „Meine nächste Rolle ist eine Marktschreierin." Das passte nun gar nicht zu Sylvies Typ. „In der Klasse streiten sie sich darum, wer das spielen darf. Das Los hat mich getroffen."

„Mach das Beste draus." Mehr vermochte Karl im Moment nicht dazu zu sagen. „Hier wird es ja einen Wochenmarkt geben. Den suchen wir, dann siehst du einen Markt französischer Art."

„Das würdest du tun?", freute sich Sylvie. „Oh ja, das ist eine gute Idee." Sie sprang auf und umarmte Karl. Die Familie am Nebentisch drehte sich nach ihnen um. Sylvie störte das nicht, Karl schon. Wollte er doch lieber nicht auffallen. Sein ganzes Leben lang war er darum bemüht gewesen.

„Wir fragen den Mann an der Kasse." Sylvie setzte sich wieder. Den Rest des Tages verbrachten sie am Meer. Beim

Hinausgehen erwischten sie den Kassenwart gerade noch. Er wollte gehen, hatte es eilig. Er nannte ihnen den nächstgelegenen Marktplatz.

Der Markt war nicht groß. Es gab Kleider, Obst und Gemüse. Aber niemand schrie.

„Ich glaube, in Hamburg kämst du eher auf deine Kosten."

„Egal, jetzt sind wir hier. Guck mal, der Stand da." Sie deutete auf einen hellblauen Stand mit Kleidern. Schöne Kleider. Griechische, französische ... Sie zog ihn näher heran. „Das da probiere ich mal an." Ein weißes Kleid mit mehreren Röcken. So sah es zumindest aus. Sylvie verschwand in die Anprobe. Ein kleines Stück, vom Zelt abgeteilt. Das Kleid passte. Sie sah wundervoll darin aus. „Kaufst du mir das?" Sie drehte sich. Es war gar nicht so teuer. Karl zog sein Portemonnaie aus der Hosentasche und gab der Verkäuferin ein Zeichen. Sylvie, die das Kleid gleich anbehielt, umarmte Karl. „Damit falle ich bei uns sicher auf." Sie mochte es, aufzufallen und im Mittelpunkt zu stehen. Legte es aber nie darauf an. Entweder es geschah oder eben nicht.

„Es steht dir ausgezeichnet. Bei der Hitze hier ist es sicher angenehm zu tragen." Sylvie nickte. Sie gingen Richtung Innenstadt. Der Weg war weit. Er führte an einer nicht sehr befahrenen Straße entlang. Sylvies Kleid flatterte im Fahrtwind, wenn doch mal ein Auto vorbeifuhr.

„Gut, dass wir ohne Auto gekommen sind. Im Wagen wäre die Hitze noch größer."

„Du gehst doch gerne zu Fuß?"

„Ja, aber nicht in der Mittagshitze." Sylvie blickte nach oben. Die Sonne, die im Zenit stand, war stechend heiß. Die Landstraße staubig und gewunden. Einziger Trost: die Aussicht auf die Fischerdörfer. Nahe beieinander lagen sie da, davor das ruhige, blau-grün schimmernde Meer. Ab und zu sah man ein

Boot oder einen Ausflugsdampfer, der Touristen an malerische Orte führte.

Karl war gern zu Hause. Am Morgen drehte er seine Runden im Swimmingpool, legte sich in die Morgensonne. Das war Urlaub! Sylvie hingegen genoss es, auszuschlafen und in Ruhe ein Buch zu lesen. Das Frühstück machte Karl. Nachmittags gingen sie oft außer Haus, kauften dann auch ein. Jeden Tag Baguette, Schinken oder Käse und Zigaretten für Sylvie. Sie stand meist gegen zehn Uhr auf und rauchte. Nach dem ausgiebigen Frühstück wieder. Dazu setzte sie sich mit ihrem Buch auf die Terrasse. In dem Haus gab es eine Spülmaschine. Praktisch, so etwas. Entweder Karl oder sie räumte sie ein. Das war eine Verständigung ohne Worte. Heute war Karl dran. Sylvie saß auf dem Liegestuhl im Halbschatten. Sie trug ihren Bikini, unten einen Pareo, ein Dreieckstuch mit Fransen, seitlich an der Hüfte geknotet. Sie rauchte eine Gauloise, eine Tasse Kaffee vor sich. Stundenlang konnte sie so im Liegestuhl sitzen. Gegen Mittag wollte Karl meist gehen. Schließlich waren sie hier, um etwas zu erleben.

Sie fuhren in die nächstgrößere Stadt. Sylvie wollte einkaufen. Französische Kleider. Es war ein heißer Tag. Die Kleinstadt lag an der Küste, es ging ein warmer Wind. Es war wieder ein strahlend schöner Tag, über den man sich nur freuen konnte. Sylvie, Karl ein paar Schritte voraus, hüpfte wie ein kleines Mädchen. Karl mochte das so an ihr. Sie gab ihren Gefühlen Ausdruck. Schauspielerin war wirklich der Beruf für sie. Das Auto hatten sie im Schatten abgestellt und gingen den Rest zu Fuß. „Ich kann schon das erste Haus sehen." Karl bemühte sich, schneller zu gehen. Es ging nicht lange gut. Er bekam Schmerzen und musste anhalten. Sylvie eilte zu ihm und hakte ihn wortlos ein. „Siehst du die Kirche?" Sie musste auf einem Hügel liegen. Hoch ragte sie über die Dächer der Häuser. „Möchten Sie anprobieren?" Die Boutiquebesitzerin sprach akzentfrei Deutsch. Wie sie erzählte, war sie vor drei Jahren aus Hamburg ausgewandert und hatte eine Boutique in Südfrankreich eröffnet. Sylvie hatte ein buntes zweiteiliges Sommerkleid an. Es war etwas herabgesetzt, da sie Ausverkauf hatten. Sylvie drehte sich vor dem Spiegel. Sie war gewohnt, Kleider und Kostüme anzuprobieren. „Es passt, steht es mir auch?" „Gut, wir nehmen es." Karl nickte der Verkäuferin zu und bezahlte.

Die jugendlichen Strandvolleyballer waren wohl jeden Tag am Strand. Es waren drei schlaksige Jungen, tiefbraun gebrannt. Sie spielten gut. Karl und Sylvie konnten sie von ihrem Platz gut beobachten. Eines Tages war es eine ganze Meute, die da im Sand rannte. Einer gab Kommandos mit einer Trillerpfeife im Mund. Das war wohl der Animateur des nahe gelegenen Hotels. Ungefähr 15 Menschen rannten, wenn er pfiff. Die wohlbeleibten älteren Herrschaften gaben ihr Bestes, waren jedoch nicht so schnell. Der Sand erschwerte das Laufen. Sylvie stand auf. „Du, ich mach da mit." Sie liebte es, sich zu bewegen. „In Ordnung, ich schaue dir zu." Karl setzte sich hin. Sylvie sprach kurz mit dem Leiter der Gruppe, mischte sich dann ins Getümmel. Sie spielte gut, soweit Karl das sehen konnte. Rannte vor und zurück, fing den Ball auf. Nach fast einer Stunde kam sie wieder. Außer Atem. „Ich habe schrecklichen Durst, kommst du mit an den Kiosk?" Karl erhob sich. Tatsächlich standen Schweißperlen auf ihrer hellen Haut. „Gut, dass du mich vorhin noch eingecremt hast." Sie bestellte eine große Flasche Wasser, trank immer wieder davon. Karl verspürte Hunger. „Es ist Mittag, wollen wir etwas essen?" „Bestell du dir etwas, ich esse mein Sandwich." „Gut, dann nehme ich heute eine Merguez." Ein scharfes Würstchen, das es nur in Frankreich gab. Die Merguez wurde in einem Stück Baguette serviert, eine rote Sauce dazu. Karl setzte sich an einen der Tische. Sylvie blieb stehen. Wieder bei den Badetüchern angekommen, kramte Sylvie in der Kühltasche. Schließlich fand sie, was sie suchte. Herzhaft biss sie in ihr Käsebrötchen. Abends zuvor hatten sie noch Salat und Mayonnaise gekauft. Jetzt wusste Karl warum.

„Lass uns nach Paris gehen", fing Sylvie eines Morgens an. Sie saßen gerade beim Frühstück, Baguette und Milchkaffee. Karl hatte nur auf diesen Vorschlag gewartet. „Gut, dann übernachten wir aber dort."

„Gerne, dann können wir abends ausgehen. Moulin Rouge, ein lauschiges Restaurant oder einfach nur an der Seine entlanggehen."

„Du hast ja viel vor." Karl zündete einen Zigarillo an. Er rauchte selten, jetzt tat er es.

„Oh, ich freue mich. Wann fahren wir?"

„Morgen, wenn du willst." Sylvie fiel Karl um den Hals. „Ich packe uns das Notwendigste ein." Karl räumte, wie jeden Morgen, die Küche auf.

Zuerst fuhr Karl einige Male um einen Kreisel nahe dem Arc de Triomphe. Es war gar nicht so einfach, sich auf den Straßen in Paris zurechtzufinden. „Machen wir eine Stadtrundfahrt." Es war Mittag, alles war gut zu sehen. Überall Leute, die Boule spielten, im Park neben dem Eiffelturm, auf jedem noch so kleinen Stück Sandfläche. Sie fuhren die Seine entlang, sahen Museen und wichtige Straßen und Plätze. Auffallend, wie der Straßenverkehr in Paris vor sich ging. Da wurde wild drauflosgefahren, ohne die geringste Regel zu beachten. Beim Einparken wurde einfach geschoben; wie die Autos aussahen, war egal, es gibt in Frankreich keinen TÜV.

„Ich versuche nun einen Parkplatz zu finden. Nein, erst brauchen wir ein Quartier für die nächsten Nächte."

„Lass uns das per Telefon regeln. Da vorne an der Ecke ist eine Zelle."

„Gute Idee, ich drehe." Sie fanden einen Parkplatz in zweiter Reihe. „Kannst du das machen? Ich warte im Wagen."

„Es hat geklappt!" Sylvie kam strahlend wieder. „Zwei Nächte geben sie uns, dann kommen Geschäftsleute aus Japan."

„Prima, wo ist das Hotel?"

„Rue de ... im Quartier 44. " Sie suchten auf einer Karte. Das Hotel lag in einem Viertel außerhalb der Metropole. Die Lobby war notdürftig eingerichtet. Der Empfang bestand aus einer mit Teppich bezogenen Theke. Ein Schwarzer empfing sie. Das Zimmer war einfach. Die Betten gut, für zwei Nächte. Aneinandergeschoben, mit breiter Besucherritze. Zwei nette kleine Nachttische zierten das Ganze. Das Bad, grün gekachelt mit Badewanne und Bidet natürlich, war nicht so sehr sauber. Ein großer, auffallend verzierter Spiegel hing über dem Lavabo. „Schöne Aussicht." Karl stand am Fenster und hob den Vorhang hoch. „Zeig." Sylvie trat zu ihm. Das Zimmer befand sich im dritten Stock, man sah auf den Hotelhof.

(Auszug aus dem Roman „Am Meer")

Musée Rodin, Paris

Musée Rodin, Paris

Spaziergang mit Folgen

Es war Winter, draußen war es kalt. Wir stapften mit großen Schritten durch den Schnee, der uns bis zum Knöchel reichte. „Eigentlich wollte ich gar nicht nach draußen", dachte Monika bei sich. „Ich wusste, warum ich daheim bleiben wollte." Jörg zerrte sie weiter. „Komm, du musst im Tiefschnee gehen, sonst rutschst du aus!" Monika bemühte sich, ihm zu folgen. „Guck mal, ich trete einfach in deine Fußstapfen!" „Das ist gut, so kommen wir schneller voran", meinte Jörg.

Aufgeregt liefen die Hunde auf der Stelle, weit vor uns, im Kreis herum. Sie mussten etwas entdeckt haben. Da fing der Leitrüde an zu winseln und zu bellen. Wir liefen schneller. Monika entdeckte einen roten Hügel, der sich leuchtend vom Schnee abhob.

Jörg war vor mir da. „Da liegt jemand", rief er mir zu. „Ich dreh das Ganze mal um."

„Warte, ich helfe dir." Monika versuchte schneller vorwärts zu kommen.

„Fass du oben an, ich nehme die Füße."

Dieses Ding, das aussah wie eine Person, lag nicht einfach nur da; es kauerte auf allen vieren! Es war nicht leicht, den Menschen zu drehen, sodass man sein Gesicht erkennen konnte. Zudem hatte es wieder angefangen zu schneien. Dazu pfiff hier oben ein eiskalter Wind, wie es typisch für die Berge ist. Wie vorauszusehen, war der Mensch bewusstlos. Es war ein Mann.

„Wahrscheinlich wurde er von einem Schneesturm überrascht oder eine Lawine überrollte ihn oder so etwas." Jörg trat nervös von einem Fuß auf den anderen.

„Die Bergwacht", brachte ich aufgeregt hervor. „Wir müssen die Bergwacht verständigen!" Keiner von uns hatte ein Handy dabei. Also mussten wir oder jemand von uns den ganzen Weg wieder hinunterlaufen.

„Eigentlich sollten wir beide losgehen. Es bringt ihm nichts, wenn einer frierend bei ihm sitzt!"

Monika strich sich eine Haarsträhne aus der Stirn. „Du hast recht, Laufen hält warm!"

Beide gingen wir also den Weg zurück. Lang kam er mir vor, länger als der Hinweg. Endlich kamen wir an das Haus der Rettungswacht. Die äußere Tür war leicht geöffnet.

„Schnell, wir haben jemanden gefunden", rief Jörg atemlos.

„Wo genau?", wollte der Mann wissen. Er saß mit einem zweiten Mann beim Kartenspiel.

„Oben, nahe beim großen Felsen. Er ist bewusstlos."

Der Mann, der näher an der Tür saß, sprang auf und schnappte den Erste-Hilfe-Koffer. „Könnt ihr uns den Weg zeigen?", fragte der andere.

„Klar, wir gehen vor."

Die Trage war zusammengeklappt und konnte so leicht in einer Hand getragen werden. Monika öffnete die Türen und ließ die Männer vorbei. Jörg ging voraus, die anderen drei folgten ihm. Schweigend lief es sich besser, so waren alle still.

„Da ist die Stelle." Jörg blieb stehen und wies mit der Hand darauf.

„Das sieht nach Erfrieren aus." Sie luden den Mann auf die Trage und wickelten ihn in die speziell gegen Erfrierungen gedachte Decke ein.

„Ich geh unten hin", so der eine der zwei Sanitäter. „Pass aber auf mit dem Tempo."

Sie erhoben sich und los ging es.

Das Krankenhaus war unten am Stadtrand. Ein unauffälliges russisches Gebäude. Die Straße war lang und schmal, doch die Sanitäter fanden sofort den Eingang, obwohl die Beschilderung spärlich war. Die Sonne verabschiedete sich langsam, zumindest für diesen Tag.

Die Notfallärzte und Schwestern nahmen den Verunglückten in Empfang. Jörg und Monika durften nur bis in die Empfangshalle.

„Mach's gut", brachte Jörg hervor.

Sie nahmen Platz auf den schmalen Besucherstühlen.

„Hoffentlich kann er gerettet werden, dann hätte sich die Mühe wenigstens gelohnt", so Jörg sarkastisch.

„Kommt drauf an, wie lange er schon da kauerte." Monika war leicht aus der Puste.

„Möchtest du auch einen Kaffee? Ich hole welchen aus dem Automaten da." Er deutete auf eine Wand, an der ein einfaches älteres Modell stand.

Wir warteten ungefähr eine Stunde, als der Arzt auf uns zukam. „Er lebt noch, wir haben seinen Zustand stabilisiert."

„Wann dürfen wir zu ihm?"

„Er müsste bald aufwachen. Wir benachrichtigen euch dann." Er verschwand hinter einer Tür. Schwestern und Pfleger liefen emsig umher.

Wir fuhren mit dem Bus nach Hause. Jörg und Monika wohnten zusammen in einer WG. Monika stellte das Telefon gut sichtbar hin. „Ich mache uns etwas zu essen."

Jörg stand auf und deckte den Tisch. „Die Suppenteller reichen." Monika öffnete eine Dose und leerte den Inhalt in einen Topf. Die beiden aßen schweigend. Nach dem Pudding, den es zum Nachtisch gab, klingelte endlich das Telefon.

„Hier ist das Krankenhaus. Spreche ich mit Frau Koslowsky?"

„Ja", antwortete Monika.

„Der Mann, den Sie heute eingeliefert haben, ist aufgewacht. Es geht ihm den Umständen entsprechend."

„Oh, können wir vorbeikommen?"

„Da Sie keine Angehörigen sind, am besten morgen. Besuchszeit ist von acht bis 13 Uhr und von 15 bis 19 Uhr."

„Okay, wir kommen dann morgen. Danke!" Sie legte auf.

Monika und Jörg waren Studenten, hatten kein Auto. So fuhren sie am nächsten Morgen mit dem Bus in die Stadt. Von dort gingen sie zu Fuß zum Krankenhaus. Sie mochten es, sich zu bewegen.

Das Zimmer hatten sie schnell gefunden. Drei Männer lagen darin.

„Der, den wir gefunden haben, hatte eine Verletzung an der Stirn." Monika machte eine Handbewegung Richtung Kopf. Nur einer der drei hatte einen Stirnverband. Er saß im Bett und las Zeitung.

„Guten Morgen." Jörg wirkte schüchtern.

Der Mann ließ die Zeitung sinken. „Ihr seid meine Retter." Er wirkte sehr freundlich. „Nehmt doch Platz." Er wies auf die Stühle, die um einen Tisch gruppiert waren. „Ich kann euch leider nichts anbieten."

Sie setzten sich. „Schöne Aussicht", bemerkte Jörg. Monika stand auf und ging zum Fenster. „Es ist windig draußen, vielleicht schneit es bald. Wie geht es Ihnen denn?" Sie setzte sich wieder.

„Gut soweit, mein Kopf tut etwas weh." Der Mann griff sich an den Stirnverband. „Habt ihr heute schon Zeitung gelesen? Ich bin immer sehr auf die Fotos darin gespannt. Wisst ihr, ich bin Fotograf von Beruf. Manchmal bekomme ich einen Auftrag von einer Zeitung."

„Klingt ja sehr interessant. Dann sind Sie oft unterwegs?", wollte Jörg wissen.

„Ja, oft muss ich über Monate verreisen. Die Teamarbeit ist interessant. Letztens sollte ich Bilder machen für eine Reportage über Indien. Wir waren zwei Wochen in Delhi."

„Und das wurde alles bezahlt?", fragte Jörg.

„Ja, bis auf das, was wir tranken. Sogar das Essen konnten wir absetzen."

„Die indische Kultur ist bestimmt faszinierend", sagte Monika.

„Ist sie. Eben alles sehr religiös dort." Der Mann legte die Zeitung beiseite. „Wollt ihr auch einen Tee? Ich werde der Schwester Bescheid sagen, dass sie noch zwei Tassen mitbringt."

„Ist die Cafeteria offen? Ich hole uns Gebäck." Jörg sprang auf und ging zur Tür.

„Warte, ich komme mit." Monika beeilte sich.

Sie hatten Glück, es war noch geöffnet, bis elf Uhr dreißig, las Jörg an dem kleinen Schild an der Eingangstür.

„Was nehmen wir denn?"

„Die Kekse da sehen lecker aus." Jörg zeigte auf eine Packung, die in der Auslage unterm Tresen lag.

„Ja, wir nehmen die Gebäckmischung", sagte Monika zu dem Verkäufer. Als sie oben ankamen, saß der Mann am bereits gedeckten Tisch. „Wir haben das hier mitgebracht." Monika legte die Plätzchen auf den Tisch.

„Oh, die mag ich besonders gerne", rief der Mann entzückt aus. „Ich heiße übrigens Michael D. Ihr könnt Micha zu mir sagen."

Monika und Jörg stellten sich auch mit Vornamen vor. Dann gab es Tee.

„Ich bin zwei Wochen krankgeschrieben. Danach fahre ich nach Boston. Eine Zeitung will eine Reportage über die USA bringen."

„Und Sie machen Fotos dazu?", fügte Jörg hinzu.

„Richtig, wir sind ein dreiköpfiges Team. Ich bin gespannt ..."

„Mit ihm bleiben wir in Verbindung. Du hast seine Visitenkarte", sagte Jörg auf dem Heimweg zu Monika.

Zelten

Es war ein malerischer kleiner Ort, irgendwo in den Alpen. Tina fuhr mit ihren Freunden jedes Jahr dorthin. Sie verbrachten den Sommer dort. Dieser Tag begann wie jeder andere. Robert war als Erster wach und machte Kaffee. Das Wasser kochte er auf dem mitgebrachten Gaskocher. Dazu gab es Brot, das Tina selbst gebacken hatte. Die Vögel begannen zu zwitschern, die Sonne erhob sich hinter einer Bergkette. Ein idyllischer Morgen in den Bergen begann. Tina und Joe, das einzige Paar unter ihnen, krabbelte aus dem Zweimannzelt. „Guten Morgen, gut geschlafen?", begrüßte Robert sie.

Joe gähnte. „Morgen, ja danke. Du auch?"

„Bis auf die Ameisen, in deren Haufen ich wohl lag." Er zog sein T-Shirt hoch, der ganze Rücken war rot.

„Ich habe ein Mittel dabei. Ich hole es mal." Tina verschwand im Zelt. „Probier das mal, ich reibe dich ein." Robert zog sein T-Shirt aus und Tina begann mit Einreiben. „Das brennt zwar kurz, beruhigt die Haut dann aber." Robert ließ es geschehen ...

Anschließend frühstückten sie. „Hast du noch Brot?" Joe grinste. Das war sein drittes Stück. „Der Honig ist so lecker."

„Wohin wandern wir heute?"

Robert zückte die Wanderkarte. „Lass mal sehen, welche Route wir heute nehmen werden."

Da kam Tim an den Frühstückstisch. „Moin", raunte er.

„Guten Morgen, auch schon wach?" Tina schob ihm Teller und Besteck hin. „Kaffee müsste noch in der Thermoskanne sein."

Tim bediente sich, Robert zeigte Tim das Vorhaben auf der Karte.

„Klingt gut, ist das nicht zu weit für einen Tag?" Tim sagte das kauend. „Aber interessant, im Prinzip, oder?"

„Ja, klar."

Gegen acht Uhr liefen sie los, zuerst auf Wanderpfaden. Schließlich wurde es uneben. Über Wiesen, Steine und kleine Brücken, die über Bergbäche führten, mussten sie gehen.

„Kommst du gut mit?" Die Jungen, angeführt von Robert, hatten ein flottes Tempo.

„Ja, bleiben wir auch mal kurz stehen?" Tina war außer Atem, obwohl sie viel trainierte und joggte.

„Wo und wann immer du willst. Da vorne steht eine Bank, guck." Tim zeigte mit dem Finger geradeaus.

„Oh, gerade an der schönsten Stelle." Tina raffte sich auf, das letzte Stück schneller zu gehen. Die Aussicht auf die Täler war umwerfend schön. Robert setzte sich neben sie.

„Da unten ist der See, der zu Österreich gehört."

„So weit sind wir schon?" Tina konnte es kaum glauben.

„Kommt ihr?" Tim zog es weiter. Sie erhoben sich. Die Sonne wanderte dem Zenit zu. Es war drückend heiß, obwohl hier oben immer ein Wind wehte.

„Puh, ist das heiß." Joe wischte sich den Schweiß von der Stirn. Er setzte sich kurz auf die Bank, um gleich wieder aufzustehen. Tina zog ihn einfach hoch. Der Anblick war auch im Stehen eindrucksvoll. Doch sie zogen weiter, wie eine rastlose Zigeunersippe, dachte Tina.

Gegen Mittag machten sie Halt. Es gab Sandwiches, die Tina morgens gemacht hatte. Dazu tranken sie Wasser aus den mitgebrachten Thermoskannen. Erdmännchen tollten über die Wiese und verschwanden laut pfeifend in ihrem Bau. Dunkle Wolken zogen herauf, es würde ein Gewitter geben. Schnell aßen sie zu Ende. Joe sah auf der Karte nach, wo die nächste Berghütte war, die ihnen Unterschlupf gewähren konnte. Sie hatten Glück, sie lag etwa anderthalb Kilometer vor ihnen. Schnell packten sie ihre Sachen zusammen und marschierten weiter. Die ersten dicken Regentropfen fielen.

„Oh, Gewitter in den Bergen, ich liebe sie." Robert breitete die Arme aus. Joe suchte in Tinas Rucksack nach dem Regenzeug. Tim lief immer schneller, er mochte es nicht, nass zu werden, auch nicht durch einen Sommerregen. Die anderen waren unter einem Baum angelangt. Tim eilte in großen Schritten zu ihnen. „Da vorne müsste die Hütte sein. Ich ..." Weiter kam Robert nicht. Ein Windstoß blies seine Worte ins Leere.

„Kommt, gehen wir da lang." Tina wies in die Richtung, in der sie die Hütte vermuteten. Dort angekommen, fanden sie die Tür unverschlossen vor. Robert ging als Erster hinein. Die anderen folgten ihm leise tuschelnd. Im unteren Stock befanden sich eine Wohnküche, ein offener Kamin und eine Art Diele, oben war der Schlafraum. Da sie unangemeldet kamen, mussten sie für alles selber sorgen. Kochen, Schlafstellen zurechtmachen und putzen. Das Geschirr, das sie in der Küche fanden, war nicht sehr sauber.

Tina verabschiedete sich als Erste. Die anderen saßen noch am Lagerfeuer. Sie ging sich im Waschraum kurz waschen, dann machte sie ihr Schlaflager bereit. Joe würde neben ihr liegen. Wahrscheinlich würde er mit den Letzten vom Feuer aufstehen. Tina schlief sofort ein. Die Wanderung an der frischen Luft machte müde. Als die anderen kamen, erwachte sie kurz, drehte sich um und schlief weiter. Leise legten sie sich nieder. Besonders Joe versuchte extrem leise zu sein. Frühmorgens klingelte Roberts Wecker. Verschlafen stellte er ihn ab, stand auf und weckte die anderen. Ein neuer Tag in den Bergen begann.

WG gesucht

Sie blätterte in der Tageszeitung und suchte nach einer kleinen Wohnung. Da stach ihr ein Inserat ins Auge: Suche Mitbewohnerin in 3-Zimmer-Wohnung in Manhattan. Gute Verkehrsanbindung. Sonja strich die angegebene Telefonnummer rot an. Heute Abend, nach der Arbeit, würde sie da anrufen.

Sonja jobbte als Kellnerin in einem Bistro. Vorwiegend kamen Stammkunden in das gemütliche Lokal, jeder kannte jeden. Das machte die Arbeit, das Bedienen, erträglich, ja, manchmal machte sie sogar Spaß.

Heute war so ein Tag, an dem alles sehr gut lief. Einige Bekannte kamen, teils mit Tüten beladen, nach einem Stadtbummel, teils einfach nur, um in Gesellschaft einen Kaffee zu trinken. Sonja hatte Spaß. Sie setzte sich an diesen und jenen Tisch und plauderte.

Endlich war Feierabend. Sie ging zu Fuß heim. Sonja wohnte zur Untermiete in einem kleinen Haus. Dieses wurde von einer allein stehenden alten Frau bewohnt. Küche und Bad teilten sie sich. Es stand im Vertrag, dass Sonja sich um den Garten kümmern müsse, dafür sollte die alte Frau kochen. Das tat sie aber nicht, zumindest nicht regelmäßig. Auch durfte Sonja keinen Herrenbesuch aufs Zimmer lassen.

Sonja rief also an. „Chloe", meldete sich eine sympathische Stimme. „Ich melde mich auf Ihr Inserat ‚Mitbewohnerin gesucht'. An dem Zimmer hätte ich Interesse. Kann ich es mir ansehen?" „Klar, wann passt es Ihnen denn?" Sie machten einen Termin aus.

Sonja war gespannt. Mit Bus und U-Bahn kam sie pünktlich zu dem Termin. Chloe öffnete sofort. „Hallo, schön, dass Sie gekommen sind." Chloe war kaum älter als Sonja. „Es handelt sich um eine Maisonette-Wohnung. Das freie Zimmer ist im oberen Teil. Warten Sie, ich gehe mal vor." Sonjas Blick nahm schnell die Wohnung wahr. Es war aufgeräumt, was bei der alten Frau selten der Fall war! „Das ist es." Chloe zog die Gardine beiseite. In dem Zimmer standen nur ein älteres, geblümtes Sofa und ein Kleiderschrank, an dem an manchen Stellen die Farbe abblätterte. „Nehmen Sie ruhig Platz, ich mache uns einen Tee." Chloe verschwand.

Sonja ging zum Fenster. Alles, was man sehen konnte, war die Häuserwand vom Nebengebäude, das höher zu sein schien als dieses. Sie öffnete den Schrank, er war brauchbar. Der muffige Geruch darin würde sich beseitigen lassen. Das Sofa gefiel Sonja überhaupt nicht. An diese Stelle würde ihr Bett passen. Das Zimmer war gar nicht so klein. Die schräge Decke musste in den Raum integriert werden. Eine Wand war gerade. Es war die Wand, an der der Schrank stand. Sonja, die Architektur studierte, setzte sich, um den Raum auf sich wirken zu lassen. Als sie anfing, sich auszumalen, wie sie das Zimmer einrichten würde, ging sie hinunter. Chloe deckte noch den kleinen Bistrotisch in der Wohnküche. „Kann ich was helfen?"

Chloe goss das siedende Wasser auf. „Nein, danke. Nimm einfach Platz." Chloe drehte sich um. „Oh, jetzt ist mir das Du rausgerutscht! Wollen wir uns nicht duzen?"

„Gerne, ich bin Sonja."

„Chloe." Sie gaben sich die Hand. „Auf den Freundschaftskuss verzichten wir aber!"

Sie setzten sich auf die roten Bistrostühle. „Ich denke, er ist genug gezogen." Chloe goss Sonja Tee in die grüne Tasse.

„Milch, Zucker?" Sonja lehnte dankend ab. Das gesamte Teeservice war grün. „Mein Opa brachte es aus Asien mit. Er war beruflich viel unterwegs." Chloe rührte den Kandiszucker in der Tasse um.

„Gefällt dir das Zimmer?"

„Wenn es schön eingerichtet wird, ja", sagte Sonja. „Gibt es denn viele Bewerber?"

„Du bist die Erste, die in Frage kommt!"

„Oh, welche Ehre." Sonja fühlte sich geschmeichelt.

„Okay, ich melde mich morgen." Chloe begleitete Sonja zur Tür. „Ich erwarte deinen Anruf." Sie verabschiedeten sich.

Sonja blickte nach oben. Da war das Fenster. Zuoberst. Die Straße war nicht stark befahren. Sie ging die Straße hoch. Da war die U-Bahn-Station. Ein paar Geschäfte gab es auch. In der Bäckerei kaufte Sonja ein Plundergebäck. Sie musste lange anstehen, anscheinend war nachmittags viel los. Sie ging zur U-Bahn. Das Gedränge nahm sie kaum wahr. Sie wollte das Zimmer. Die Miete war gar nicht so hoch. Allerdings kam noch die Hälfte an Nebenkosten auf sie zu. Chloe wollte, dass sie alles bis auf ihre Privatzimmer teilten. Mit dem Geld, das sie im Bistro verdiente, käme sie hin, überschlug sie. Quietschend hielt der Bus. Sonja stieg mit den anderen aus. Zu Fuß waren es nur ein paar Schritte bis zu ihrer Haustür. Heute wurde gekocht, von der alten Frau. Sogar ein Drei-Gänge-Menü. Sonja fragte sich, ob sie etwas spitzgekriegt hatte.

Bald nach dem Essen ging Sonja auf ihr Zimmer und legte sich hin. Morgen hatte sie um neun Uhr im Bistro zu sein, sie hatte mit der Kollegin den Dienst getauscht. Um acht Uhr klingelte der Wecker. Sonja kam immer gut aus den Federn. Sie wusch sich und zog sich an, frühstücken würde sie im Bistro.

Um zehn Uhr gönnte der Chef ihr eine Pause, trank mit ihr eine Tasse Kaffee. Nachmittags war sie fertig im Café. Dann würde sie Chloe anrufen ...

Die Autorin:

Wurde 1968 als Tochter eines Schauspielerehepaares in Esslingen-Hohengehren geboren. Nach mehrmaligem Schulwechsel wurde sie im Reha-Zentrum in Heidelberg zur Kauffrau ausgebildet.

M. Franz ist Rollstuhlfahrerin.

1998 zog sie ins baden-württembergische Reutlingen. Dort lebt sie heute zusammen mit Sascha und Casimir.

2002/3 veröffentlichte der R.G. Fischer Verlag fünf ihrer Anthologien in zwei Sammelwerken.

Seit 2003 Vertrieb von pflanzlichen Kosmetika der Firma FLP.